6/21

Purchased from
Multnomah County Library
Title Wave Used Bookstore
216 NE Knott St, Portland, OR
503-988-5021

loqueleo

VERDE FUE MI SELVA

D.R. © del texto: Edna Iturralde, 1998
D.R. © de las ilustraciones: Mauricio Maggiorini, Eulalia Cornejo
y Santiago González, 1998

Primera edición: 2013
D.R. © Editorial Santillana, S.A. de C.V., 2016
Av. Río Mixcoac 274, piso 4
Col. Acacias, México, D.F., 03240

Esta edición: Publicada bajo acuerdo con Grupo Santillana en
2019 por Vista Higher Learning, Inc.
500 Boylston Street, Suite 620.
Boston, MA 02116-3736
www.vistahigherlearning.com

ISBN: 978-607-01-2864-6

Published in The United States of America.
1 2 3 4 5 6 7 8 9 GP 24 23 22 21 20 19

Reservados todos los derechos conforme a la ley. El contenido y los diseños íntegros de este libro se encuentran protegidos por las Leyes de Propiedad Intelectual. La adquisición de esta obra autoriza únicamente su uso de forma particular y con carácter doméstico. Queda prohibida su reproducción, transformación, distribución y/o transmisión, ya sea de forma total o parcial, a través de cualquier forma y/o cualquier medio conocido o por conocer, con fines distintos al autorizado.

www.loqueleo.santillana.com

Verde fue mi selva

Edna Iturralde

Ilustraciones de Eulalia Cornejo
Santiago González
Mauricio Maggiorini

loqueleo

La guerra

¡Meset, meset, meset!

"¡Guerra! ¡Guerra! ¡Guerra!", pensó asustada Tetsém mientras escuchaba escondida en la oscuridad.

¡Meset! ¡Guerra!

La palabra fue repetida varias veces por el brujo que discutía junto a los otros hombres dentro de la cabaña. A Tetsém le parecía que el brujo la pronunciaba con tanta ira, con tanta fuerza, que rebotaba de un lado al otro como una pelota de caucho. La puerta se abrió en ese momento y dejó ver la silueta a media luz del brujo Kamantán.

Tetsém pudo jurar que vio salir, por la puerta entreabierta, una bola roja de fuego, como un carbón encendido, que se metió volando entre los árboles.

El corazón de Tetsém empezó a latir alocadamente y sintió un frío pegajoso en todo su cuerpo.

¡Era *meset*, la palabra *guerra*! ¡Tetsém estaba segura!

Las palabras son muy importantes y hay que saber tratarlas con cuidado. Especialmente una palabra como... "¡guerra!". Seguro que cuando los adultos la pasaron de boca en boca obtuvo vida, y ahora se iría por todos los rincones de la selva.

Eran las tres de la mañana, hora de la guayusa*, momento en que los achuar se sientan a discutir asuntos importantes mientras beben esa agua medicinal.

Tetsém salió de entre el montón de leña cortada, donde se había escondido para poder escuchar a los mayores. No es que ella fuera cobarde. No, ella era tan valiente como cualquiera de sus hermanos. ¡Pero otra guerra! A la niña no le gustaba la idea.

Caminó lentamente hacia el otro lado de la casa, hasta el *ekent*, la parte reservada a las mujeres, donde varias de ellas ya estaban preparando el

---

* Al final del libro se incluye un glosario donde se puede consultar el significado de las palabras que están marcadas con asterisco. (N. del E.)

desayuno. Recién habían puesto nuevos leños en el fuego y la habitación se había llenado de humo. Tetsém miró distraídamente el techo de paja cubierto de hollín. "¡Qué bueno!", pensó. "Ningún insecto se atrevería a vivir allí".

Entró y se sentó en el suelo, junto al fogón. Pedazos de yuca frita, dorada y deliciosa estaban servidos sobre hojas de plátano. Tomó el más grande y se puso a comer mientras pensaba.

Hace dos días había fallecido el hermano mayor del brujo Kamantán. Esa misma noche, el brujo había soñado que su hermano había muerto por culpa de un hechizo realizado por el jefe de otro grupo de achuar, y ahora su espíritu pedía venganza.

Las mujeres se habían puesto a preparar la pintura que lucirían los hombres en su piel durante la guerra. Molían en un mortero de piedra semillas de achiote* mezcladas con grasa, mientras entonaban canciones guerreras.

—*Au, au, au, au*... Ya habla el pájaro, todo tiembla, todo se oscurece... *Au, au, au, au*... La guerra llega... *Au, au, au*...

Fuera los guerreros estaban ya listos con sus carabinas, cerbatanas, flechas y lanzas.

Ese día nadie saldría de cacería ni a trabajar. Empezaron a pronunciar el discurso de los valientes:

—*Wi, wi, wi, uuuuuuu, uuuuu, uuuuu, jai, jai, jai... Wi, wi, wi...* Yo, yo, yo no conozco el miedo...

—Tetsém, ¿dónde estabas? ¿Por qué no estás ayudando? —le reprochó su mamá acercándose con una canasta en la mano.

Tetsém no dijo nada.

—Toma, mastica esta yuca, que vamos a necesitar mucha chicha* para que se lleven los hombres —continuó la madre.

La niña, todavía en silencio, se puso a masticar la yuca hasta sentirla blanda y suave, y luego escupía la pulpa dentro del recipiente donde la mezclarían con agua para elaborar la bebida tradicional. En una casa achuar podía faltar comida, pero no podía faltar chicha. Tetsém se arrimó a la pared de caña. A su lado había una rendija por la cual podía ver hacia fuera, donde estaban los hombres alistándose para empezar el cerco de la guerra. Su padre ya tenía el rostro pintado con líneas de un rojo intenso que le atravesaban de lado a lado, y estaba colocando curare, el veneno mortal, a las puntas de sus flechas. Otros hombres tenían una expresión

seria y preocupada, mientras se ajustaban cintillos de plumas en sus cabezas. Tetsém raspó la madera con su uña, agrandando el agujero para ver mejor. Ahí estaban sus hermanos menores, que afilaban los machetes. El metal lanzaba chispas rojas al tocar la piedra. Tetsém recordó la bola de fuego que viera horas antes. ¿Qué pasaría si se la pudiera detener en su camino? ¿Se podría detener la guerra? Pero ¿quién lo haría? Con los preparativos tan avanzados, nadie se atrevería a decir nada en contra de la guerra; sería acusado de cobarde.

Tetsém pensó intensamente. Ella, ella podía intentarlo. Sólo tenía que buscar el camino que había seguido la bola de fuego y detenerla. Tetsém vació la canasta que contenía la yuca, se la puso a la espalda y salió de la cabaña. Echó a correr pasando de largo por las plantaciones de plátano hasta internarse en la selva. Sabía que no contaba con mucho tiempo, quizá un día y una noche. Los hombres sólo esperarían a terminar de construir el *wenuk*, fortín de guerra, para marcharse.

Cuando vio que nadie la seguía y que se encontraba a una buena distancia de su casa, paró de correr y miró a su alrededor. Ahora lo importante era decidir por dónde continuar. Estaba a punto de decidirse cuando de la maleza salió una cierva de grandes ojos sabios.

—Tetsém, mi pequeña colibrí —dijo la cierva dulcemente.

Tetsém la miró sorprendida. ¿Sería posible que fuera el espíritu de su abuelita? Sólo ella la llamaba así... Pero claro, ¡todos saben que cuando los achuar mueren se convierten en ciervos!

—¡*Nukuchiru, Nukuchiru*, abuelita, abuelita! —exclamó la niña abrazando a la cierva por el cuello.

—Puedo ver en tu corazón lo que te pasa y lo que tratas de hacer —dijo la cierva—. A mí tampoco me gustó nunca la guerra.

—Entonces, ¿me vas a ayudar a detenerla?

—Lo primero que tienes que hacer es encontrar a *meset*, la palabra *guerra*, y luego llevarla de regreso al lugar en donde se originó. Sólo ellos, los que le dieron vida al pronunciarla, pueden destruirla... —aseguró la cierva.

—¡Pero... todos ellos quieren la guerra! —gritó Tetsém.

—No estés tan segura, mi pequeña colibrí —repuso suavemente la cierva—. No estés tan segura.

Caminaron por la selva durante un buen rato y se detuvieron en un claro.

—Escucha —pidió la cierva—. Ésa es la araña, y está molesta por algo.

—Volver a empezar, volver a empezar... —repetía la araña mientras tejía su tela entre las ramas.

—¿Qué sucede, araña? ¿Qué pasó con tu casa? —preguntó Tetsém.

—¡¿Qué sucede...?! Pues verás, yo tengo muchos enemigos, pero a mí nadie me caza con la vara de fuego de los humanos. Esta vez yo estaba tranquilamente sentada, esperando paciente la visita de algún mosquito, cuando *puuummm*, pasó volando una bola de fuego y se llevó toda mi casa de un tirón. Por suerte, yo me quedé agarrada de una hoja.

—Vamos —sugirió la cierva—, no debe estar muy lejos.

Bajaron por un camino lodoso y llegaron a un río blanquecino que parecía cubierto por un manto de lana.

Con el viento, se escuchó un lamento: el ulular de los árboles de *wawa*, de balsa*, que crecían en la orilla.

—¡Nuestras flores, nos quitó todas nuestras flores y las echó al río! —se quejaron los árboles.

Tetsém miró al río. Ahora comprendía por qué se veía así. Las flores de las *wawas*, semejantes a copos de lana, arrastradas por la corriente eran las que le proporcionaban ese aspecto tan extraño.

—¿Quién hizo esto? —preguntó Tetsém.

—No era un hacha, no era un machete, no era nada conocido... Vino con fuerza y nos golpeó una y otra vez, antes de cruzar a la otra orilla.

La cierva y la niña cruzaron el río, que no era muy profundo.

Anochecía rápidamente y en pocos momentos oscureció. En las cercanías escucharon las voces de un caserío.

—¡Oh, no! ¡Debemos evitar que *meset*, la guerra, llegue allá! —exclamó Tetsém preocupada—. ¡Pero, ¿dónde estará?!

—Mira entre los árboles —susurró la cierva.

La niña dirigió su mirada hacia la tupida maleza. Algo se prendía y apagaba emanando una luz roja.

—¡*Meset!* —gritó Tetsém aterrada—. ¡Huyamos!

—Espera... —la detuvo la cierva cerrándole el camino—. Recuerda que viniste a buscar la bola de fuego.

—Sí, pero ahora tengo miedo... ¿Qué puedo hacer yo, Nukuchiru?

La cierva se acercó hasta la niña y la acarició con su cabeza.

—Atrápala en tu *pitiak* —dijo, mirando el canasto que la niña llevaba colgado a su espalda.

—Peero ¿cómo voy a poder...?

—Tú puedes —insistió la cierva con firmeza.

Tetsém, sentándose en el suelo, se abrazó las rodillas y escondió el rostro. Pasaron varios minutos antes de que la niña se levantara. Las rodillas le temblaban.

—Acércate con cuidado y mantén tu boca cerrada, Tetsém, no sea que *meset* se introduzca en ella y te obligue a cambiar de opinión —le advirtió la cierva.

Tetsém caminó cuidadosamente hacia donde venía la luz roja. Parecía estar situada en unos arbustos cercanos. Cada vez el color se acentuaba. Y..., ¡allí estaba! Era una bola como de fuego, que se movía rítmicamente inflándose y desinflándose. Daba la

impresión de estar descansando para recuperar fuerzas antes de continuar.

Tetsém se agachó y siguió caminando casi a gatas. Cuando estuvo suficientemente cerca, cerró con fuerza sus labios y, de un salto, puso su canasto sobre la bola, que empezó a moverse alocadamente de un lado a otro tratando de escapar.

La niña apretó con fuerza el canasto contra su pecho.

—Rápido, sube a mi espalda, te llevaré inmediatamente a tu casa —ordenó entonces la cierva.

Mientras galopaba, hojas gigantes golpeaban el rostro de la niña, y algunos de sus cabellos se quedaban en las ramas de los arbustos. Pero esto no parecía importarle a Tetsém, pues ella soportaba todo con su boca apretada, sin emitir un solo ruido.

Llegaron bien pasada la medianoche.

—Me marcho, mi pequeña colibrí. No puedo quedarme contigo; ahora pertenezco a la selva —susurró la cierva, y desapareció en la oscuridad.

Dentro de la cabaña se escuchaban los preparativos para tomar la guayusa, Tetsém caminó hacia la puerta, pero antes de que ella pudiera abrirla,

la figura del brujo Kamantán apareció tapando la entrada.

—¿Qué haces aquí, niña? —preguntó molesto.

—Tengo algo que enseñar a los mayores —repuso Tetsém indicando su canasta.

El brujo fijó la mirada en ella.

—Bueno, entra... Pero más te vale que sea algo importante.

Allí estaban reunidos los hombres y algunas mujeres atizaban el fuego. Entre ellos, Tetsém distinguió la figura de su papá.

—¿Qué tienes en tu *pitiak*? —preguntó sorprendido a su hija, al ver el singular brillo rojo que salía de la canasta.

Tetsém la abrió, y *meset*, la palabra *guerra*, salió disparada.

—¡*Meset, meset*, guerra, guerra...! —se escuchó como un eco en todos los rincones de la cabaña. Luego, la palabra se quedó colgada del techo como un vampiro en espera de sus víctimas.

Todos retrocedieron asustados.

—¿Por qué la has traído? —demandó el brujo.

—Para así evitar la guerra —contestó Tetsém.

—¡¿Evitar la guerra?! —se burló el brujo—. Criatura ignorante, ¿no te fijas que ya estamos preparados para ella?, ¿que todos queremos la guerra?

—No todos —replicó una voz. Tetsém miró sorprendida a su hermano mayor, que se plantó delante del brujo con gesto altivo.

—Yo tampoco —repitieron otras voces. Y muchas otras se unieron.

Mientras esto pasaba, *meset*, la bola roja de la palabra *guerra*, perdía cada vez más su brillo y su color, hasta que quedó convertida en un pedazo negro y arrugado que cayó al suelo.

Tetsém la recogió y la colocó en la palma de su mano; luego la apretó haciendo puño y se dirigió hacia fuera. Pero antes de salir, regresó a mirar. Los hombres reían dándose palmadas en las piernas, y las mujeres servían el agua de guayusa con rostros alegres.

La niña se sentó en el fortín de guerra. "¡Qué bueno!", pensó. "Ya no tendrán que utilizarlo". Lentamente, abrió su mano. Un puñado de cenizas voló en el viento. Tetsém lo vio perderse mezclado con las hojas secas y sonrió.

—*Wi, wi, wi, wi*..., yo, yo, yo... —cantó Tetsém—. *Wi, wi, uuu, uuu..., jai, jai, jai...*

La vacuna

Muy cerca de la cascada, Chuji, un muchacho de 10 años de la tribu achuar, trabajaba rápidamente tumbando palmeras para construir una *aak*, o choza de monte. Había dejado de llover hacía poco; un sol anaranjado pintaba la humedad del ambiente con pequeños prismas de colores.

El niño escuchó el sonido tristón de un cuerno, anunciando que alguien se acercaba. Chuji bajó el machete, lo apoyó en la tierra rojiza y levantó la mirada. Por un sendero recién cortado apareció su hermano menor, Shakáim. En una mano sostenía un cuerno de vaca que lo llevaba sujeto al cuello por un cordón de cuero, en la otra mano tenía un pedazo de *yuyo*, o corazón de palmera, que comía con gran deleite.

Shakáim se detuvo, introdujo el último pedazo de *yuyo* en su boca, se limpió los labios con el dorso de la mano y siguió caminando hacia el lugar en el que se encontraba Chuji.

—¿Cómo vas con el trabajo? —preguntó con la boca llena.

—Podías haberme guardado un poco —recriminó Chuji con gesto adusto.

—Bueno, bueno... Préstame el machete y te consigo otro. Aquí cerca hay muchas palmas tiernas —explicó conciliador el muchacho más pequeño.

—No, ya no quiero —respondió Chuji volviendo a su trabajo—. Mejor ayúdame con esto para terminar pronto.

Shakáim se puso a trabajar junto a Chuji y amarró las ramas con pedazos de lianas. Los chicos trabajaron por un largo rato, y sólo cuando empezó a llover nuevamente se metieron dentro de la pequeña choza que casi estaba terminada.

—¿Ya vienen a esconderse los otros? —Chuji miró en dirección al caserío.

—Pues... no —balbuceó Shakáim.

—¡¿Cómo que no?!

—Eeeste... Algunos mayores están de acuerdo en que los niños reciban la brujería de los *apachis* blancos para que no se enfermen. Les llaman vacunas o algo así.

—¡Ja! —se rio sarcásticamente el chico—. ¡Yo no lo haré! ¡No voy a dejar que me brujee nadie! ¡Para eso soy ayudante de brujo!

El muchacho más pequeño miró con admiración a su hermano. Había olvidado que Chuji era aprendiz de brujo desde el último ciclo lunar. Chuji continuó con aires de sabio:

—Estoy seguro de que Ititiaj, mi maestro, si estuviera aquí, jamás aceptaría la brujería de los blancos. Es distinta, viene de otro lado y por eso no sirve. Imagínate, ¡que te metan una aguja en tu cuerpo! Claro que no es por miedo. Él no tendría miedo a eso, ni yo tampoco... —se apresuró a asegurar.

En ese momento, fue interrumpida la conversación por la llegada de una niña alta que traía en su cabeza un pequeño monito. Los muchachos se sorprendieron; a causa del ruido de la lluvia, no la habían escuchado llegar. La niña se sacudió como un perrito y el mono gritó asustado. Ella, sin quitarlo de su cabeza, lo acarició con una mano para tranquilizarlo, y se sentó frente a los niños.

—Mamá está preocupada —dijo mirando acusadoramente a Chuji—. Dice que no has venido a tomar la chicha del desayuno.

—Tonterías... Yo estoy haciendo cosas más importantes —dijo él, mientras se metía el dedo en la nariz.

—Seguro... —se burló ella, y añadió—: Lo que pasa es que tienes miedo de la aguja...

—¡¿Miedo... ?! ¡¿Miedo de qué?! —reclamó Chuji—. ¡Yo no tengo miedo a nada...!

La niña dio un paso adelante, se agachó y, acercando su rostro al de Chuji, le dijo:

—Entonces, ¿por qué te escondes aquí?

—¡Eso no te importa! —gritó Chuji.

—El brujo Ititiaj ya regresó de su viaje —se aventuró a decir Shakáim.

—¡Miedoso, miedoso! —continuó su hermana.

Furioso, el chico se levantó y la empujó hacia fuera.

—¡Largo, vete de aquí! ¡Y tú también, Shakáim!

Cuando los niños se marcharon, Chuji tomó el machete en sus manos y se puso otra vez a trabajar. Una lluvia delicada mojaba la vegetación. "No, yo no soy cobarde", pensó. Despreciaba a los cobardes y era lo último que hubiera deseado ser.

Al poco rato Chuji escuchó tres disparos de carabina y el sonido de un cuerno, señal segura de que llegaban visitas a su poblado. Seguramente eran los *apachis*, los blancos. El niño pretendió ignorar la llegada de los visitantes y siguió trabajando. La choza debía estar lista antes del anochecer, pero no podía concentrarse. Sentía gran curiosidad por saber qué estaba sucediendo en esos momentos. Después de pensar detenidamente, tomó una decisión: tenía que espiar lo que hacían los brujos blancos en su poblado. Chuji corrió desde la pequeña elevación donde se encontraba hasta muy cerca de los techos de paja del caserío. Sigilosamente, se arrastró por entre la vegetación hasta situarse en un lugar desde el que podía observar todo sin ser visto.

Todos estaban allí junto a las visitas que ya habían llegado. Estaban adornados y pintados hasta los dientes. Algunos hombres llevaban la tradicional *tawáspa*, o corona de plumas. Aguardaban en silencio, observando los preparativos que hacían un hombre y una mujer que él pensó serían los brujos de los blancos. En realidad eran los médicos que habían ido a vacunar a los achuar contra el sarampión.

Chuji buscó con su mirada al brujo Ititiaj, su maestro; pero no lo vio. Estaba seguro de que él jamás aceptaría esa extraña brujería. Se acomodó mejor en el sitio donde se encontraba y siguió observando. La mujer blanca sostenía en sus manos un frasco pequeño y un achuar traducía. Decía que era una magia poderosa que entraba al cuerpo por el brazo y lo protegía de enfermedades. Chuji se movió inquieto. ¿Dónde estaba el brujo? Al fin y al cabo, él era la persona indicada para detener a los intrusos.

Aprovechando que la gente estaba distraída, corrió hasta la casa de su maestro. Entró sin hacer ruido. Al principio le pareció que no había nadie; pero escuchó un ronquido suave, casi como el ronroneo de un gato, que fue interrumpido por una serie de toses. Era el brujo, quien había estado dormido en la hamaca y se acababa de despertar.

—Saludos, *amikiur* —se inclinó respetuosamente Chuji delante del anciano, utilizando la palabra que debe decir un aprendiz de brujo.

—¿Ya se fueron? —preguntó el viejo por todo saludo.

—No, creo que todavía están aquí —contestó dudoso Chuji.

El brujo bostezó. Se sentó al filo de la hamaca, se rascó la cabeza y miró fijamente al muchacho.

—¿Te han dado la magia de los *apachis*?

—No —repuso Chuji orgulloso—. Por supuesto que no. Y tampoco voy a permitirles...

—¿Cómo que no, muchacho? ¿Acaso quieres enfermarte? —preguntó entonces el brujo, molesto.

El niño casi no podía creerlo... "¿Será posible que Ititiaj crea en la brujería de la aguja?".

—¿Tú crees que sirve? —preguntó Chuji mirando al brujo atentamente.

—Para muchas cosas sí...

—¡Pero no es nuestra! —insistió de nuevo el niño.

—Escucha, Chuji, escucha atentamente lo que te voy a decir... —dijo el viejo poniendo una mano sobre el hombro del muchacho—. Las enfermedades son causadas por espíritus que se meten en nuestro cuerpo... Tú sabes eso, ¿verdad? Y me has visto curar a los enfermos. Para esto yo utili-

zo los conocimientos que mis abuelos y sus abuelos tenían: todos los secretos de las plantas, de los animales, del agua, del fuego y de la tierra. Los achuar hemos vivido muchos años en esta selva y hemos aprendido a curarnos de nuestros males. Pero cuando los blancos llegaron, trajeron con ellos a otros espíritus que nos enfermaron con cosas desconocidas... y contra esos espíritus sí es buena la magia de los blancos.

—Entonces..., ¿tú también vas a dejar que te pinchen con la aguja?

—¡¿Yo?! —se estremeció Ititiaj—. No, es que yo estoy muy ocupado... trabajando en un nuevo encantamiento... Mejor no me quites más tiempo y vete ya.

El niño retrocedió lentamente y salió de la choza dirigiéndose hacia donde la gente estaba reunida. Un joven achuar traductor insistía en que todos debían acercarse a recibir la vacuna para no enfermarse.

Chuji caminó decidido hasta situarse delante de su hermana, que lo miró sorprendida. Un murmullo de asombro salió de entre el pequeño grupo indígena. Chuji se adelantó unos pasos, alzó el hombro y, cerrando los ojos, enseñó el brazo.

Felicidad

Era la temporada de menor lluvia en la selva y el día terminaba caliente con el bochorno de la tarde. Tres niños achuar se habían reunido para mitigar el calor en el río. Sus cuerpos desnudos brillaban como las piedras de la orilla. Gritaban y reían mientras jugaban. Muy cerca de allí, una pequeña canoa parecía bailar sobre el agua.

Era la hora en que los tucanes, con sus chillidos agudos y destemplados, se contaban los chismes más recientes; era el momento en que las tortugas se acercaban a poner sus huevos, y los monos, después de haber hecho la siesta, saltaban contentos de rama en rama. Pero lo más importante era que sin las lluvias el nivel del río se encontraba bajo, y las temidas anacondas, por no tener dónde esconderse, estaban ausentes. Los niños lo sabían y se bañaban sin temor.

Uno de ellos nadó hasta la canoa y se subió en ella.

—Ramu, Maskián, vengan, suban. Vamos río abajo a investigar —gritó a sus amigos.

Los otros niños nadaron hacia la canoa. Maskián pretendió hundir a Ramu subiéndose sobre su cabeza. Ramu abrió tanto su boca mientras reía que tragó mucha agua y empezó a toser, pero no por eso dejó de reír.

El niño que estaba en la canoa saltó otra vez al río y los tres se pusieron a luchar en el agua. Cansados, subieron a la pequeña embarcación y sacudieron sus cabezas. Las gotas de agua se esparcieron por el aire y mojaron sus caritas. Esto pareció causarles tanto chiste que rieron hasta caer sentados.

Cuando se calmaron, Antún, que había sugerido ir de expedición, empezó a remar. Los otros dos se sentaron en cada extremo.

Remaron un buen trecho. Un sol anaranjado dio un tono dorado a las aguas.

—¿Adónde vamos, Antún? —preguntó Maskián al niño que remaba.

Antún no contestó y se limitó a escupir sonoramente sobre el río.

—Sí, ¿adónde nos llevas? —insistió Ramu curioso.

—A un lugar que descubrí ayer —contestó sonriendo Antún, asegurándose al tacto que un pequeño canasto aún se encontraba en el fondo de la canoa.

De un momento a otro el sol dejó de existir; todo se volvió negro. No había ni una sola estrella en el cielo y las únicas luces que se veían eran las de las luciérnagas que volaban en la orilla.

La canoa cruzó las aguas en medio de una orquesta de grillos, cigarras y sapos. El río pareció contagiarse por el buen humor de los niños y fluía cadencioso y sereno.

Antún remaba con gran determinación, pero al mismo tiempo su mirada se detenía en el trayecto buscando en la oscuridad. Súbitamente remó con más vigor hacia un saliente en la orilla.

Ramu y Maskián, dándose cuenta del cambio en su amigo, miraron alertas hacia esa dirección.

—Ayúdenme a amarrar la canoa —dijo el niño sacando el remo del agua.

Los tres chicos bajaron casi al mismo tiempo de la embarcación.

—Síganme —ordenó Antún, que llevaba el canasto en la espalda.

Caminaban con seguridad, a pesar de la completa oscuridad. Utilizaban sus manos para separar hojas y lianas, y poder así avanzar.

Antún se detuvo, introdujo su mano dentro del canasto para buscar una caja de fósforos. Prendió uno, luego lo sostuvo con una mano mientras que con la otra agarró una pepita de *sapatar*, que es una semilla que arde y alumbra, similar a una piedra negra llena de irregularidades. Acercó la llama y la sostuvo hasta que la semilla se prendió y produjo una llama anaranjada. Uno de los chicos silbó en señal de aprobación.

—Oye, si vamos de cacería, te recuerdo que no traemos armas —dijo Ramu.

—No vamos de cacería... exactamente —repuso Antún con un tono de misterio.

La llama conseguía iluminar una gran circunferencia.

—A ver, Antún, dinos qué vamos a hacer —exigió impaciente Maskián.

Por toda respuesta, Antún se puso a buscar algo en el suelo. Cuando lo encontró, escupió de nuevo hacia un lado y señaló con un dedo.

—¡Hormigas, hormigas! —exclamó encantado Maskián.

—¡Hormigas! —repitió Ramu, entonces, entusiasmado.

—¡*Mmmm*..., hormigas! —estuvo de acuerdo Antún relamiéndose los labios.

Éste puso la piedra en el suelo, muy cerca del nido de hormigas gigantes y, al poco rato, éstas empezaron a salir atraídas por la luz.

Maskián fue el primero en agacharse para agarrar una y llevársela a la boca, antes de empezar a emitir ruidos de absoluto deleite. Lo mismo hicieron Ramu y Antún.

Cuando se hartaron de comer hormigas, los tres se recostaron en la tierra dura apoyando la cabeza sobre los brazos cruzados. Las cigarras, los grillos y los sapos aún cantaban estrepitosamente con el acompañamiento del río.

—¡Qué ricas estaban! —exclamó Ramu chasqueando su lengua.

—¡Seguramente somos los más afortunados del mundo! —dijo Maskián cerrando los ojos.

—Claro que sí —aseguró convencido Antún—. ¿No ves que los achuar somos los dueños de esta selva?

El río, que los escuchaba, detuvo sus aguas por un momento, emitió un suspiro melancólico y siguió su curso eterno.

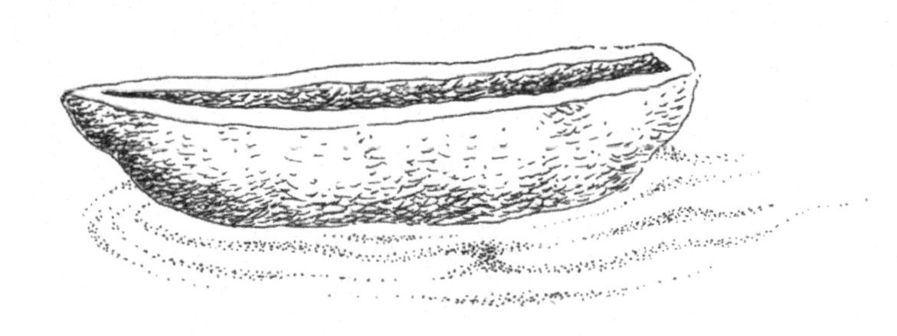

Cacería

Tukup miraba atentamente la vegetación y el suelo por donde iba. Mentalmente repetía el nombre de los árboles más grandes y tomaba nota de alguna característica del lugar. Era la primera vez que salía solo de cacería y sabía que no podía perderse sin quedar en ridículo. Igual cosa sucedería si llegaba con las manos vacías. El buen cazador es bien visto por todos, es el orgullo de sus padres y admirado por los brujos de la tribu.

Y ahora a él le faltaba muy poco para ser un cazador...; sólo ese momento de gloria cuando llegara a su aldea con una presa. El niño miró su cerbatana con reverencia.

Etsa, el espíritu de la cacería, había sido quien enseñara a la tribu de los shuar el uso de la cerbatana. También les había enseñado lo que era bueno y lo que era tabú, es decir, lo que no se podía hacer para no ofender a los espíritus. Tukup sabía que debía tener mucho cuidado de no cometer un error para no atraer la ira de Etsa; un error que podría privar de cacería a toda la tribu y haría que todos pasaran hambre. Lo que le hizo recordar que todavía no había cantado la canción mágica que el cazador debe cantar al jefe supremo de cada especie animal.

—Yo soy como avispa perseguidora. Tengo listas mis flechas, tengo listas mis flechas... —cantó el niño girando sobre sus pies—. Yo soy hijo de Etsa, de Etsa soy hijo pequeño —continuó, y se detuvo delante de un árbol para conversar con él. Le enseñó su cerbatana y le contó que ese día era muy importante, pues era el de su primera cacería solo. Los shuar piensan que cada ser o cosa tiene su *wakan* o espíritu; por ello, no es raro que se detengan en el bosque a conversar con un árbol o un animal. Para esta tribu toda forma de vida tiene una razón para existir.

El árbol movió sus ramas, y una semilla redonda y brillante cayó.

—¡Ajá! —exclamó entusiasmado el niño. Seguramente ésta era una señal. Y justo allí, sobre la tierra negra, descubrió las huellas de un tigrillo*.

Tukup tocó las huellas. Parecían estar frescas. Se agachó y se puso a oler la tierra como un perrito. El olor estaba aún ahí. Miró atentamente a su alrededor, pues los animales siempre dejan algo de su vida en el suelo: restos de comida o excrementos. También se puede saber si el animal está acompañado por sus crías, si tuvo una pelea con otro, si salió de caza o fue a tomar un baño al río.

Durante un buen trecho siguió las huellas y vio que éstas se internaban por la maleza. El niño quebró algunas de las ramas bajas mientras caminaba, a manera de señal para poder encontrar el mismo sendero a su regreso.

Unos metros más adelante vio unas plumas grises y un rastro de sangre. Tukup examinó las plumas, eran de una pava. El tigrillo la había cazado, pero no se había detenido a comérsela y más bien se la había llevado. Al muchacho le pareció raro este hecho. Siguió caminando por la enmarañada vegetación.

Ahora las huellas regresaban a la misma dirección, pero por otro lugar, formando un círculo. Las pisadas del tigrillo eran cada vez más frescas. Tukup se detuvo a escuchar, y rápidamente buscó entre sus cabellos una de las dos flechas que llevaba listas. La tomó con cuidado para no tocar la punta envenenada. Luego sacó del carcaj que colgaba de su cuello un poco de lana. La enrolló en la parte posterior de la flecha y la puso en el agujero de la cerbatana.

Caminó sigilosamente. Con una mano separó unas hojas grandes. A pocos pasos podía distinguir la silueta del tigrillo. ¡Había encontrado su madriguera! Alzó el rostro para comprobar la dirección del viento y no delatar su presencia y, en cuclillas, se fue acercando cada vez más.

Con todo cuidado puso la cerbatana sobre sus labios e introdujo la lengua en el agujero, listo para retirarla en el momento de soplar. El tigrillo se acostó. Tukup buscó con la mirada el cuello del animal, llenó sus pulmones con aire y apuntó. Pero, justo en ese momento, tres cabecitas doradas hicieron su aparición junto al tigrillo. ¡Era una hembra con crías! Ahora Tukup comprendía por qué el tigrillo no se había comido la pava al instante de cazarla.

El niño bajó la cerbatana y miró al sol. El día estaba por terminar y debía regresar a su casa. Ahora no tenía tiempo de buscar a otro animal, lo que significaría volver con las manos vacías. Él sabía que era "tabú" matar a una hembra con crías. Pero... ¿quién iba a saber? Tukup alzó de nuevo la cerbatana. El tigrillo hembra era un ejemplar hermoso, grande, y haría historia con esta presa. "Miren", dirían todos, "ahí va Tukup, el chico que en su primera cacería trajo un tigrillo".

Las manos le sudaban. Volvió a apuntar, y se fijó en que uno de los pequeños tigrillos tenía plumas en la boca y se veía muy gracioso.

Tukup bajó nuevamente la cerbatana y, en silencio, retrocedió hasta encontrarse a una buena distancia de la guarida del tigrillo hembra.

Caminó de regreso por el sendero que había señalado con las ramas rotas.

—¿Qué hubieras hecho tú en mi lugar? —preguntó a un mono asustado que saltó por las ramas.

"Todo está reglamentado por los espíritus", pensó Tukup. "Todos los animales tienen su propio *wakan*, igual que nosotros, los humanos, y nadie puede decir qué espíritu es más importante que el otro".

Tukup acarició su arma. Ya tendría otros momentos para utilizarla y demostrar a los otros que él era un cazador verdadero, puesto que eso él ya lo sabía. Agarró la cerbatana por cada extremo, la alzó sobre su cabeza y orgullosamente danzó el baile del cazador.

Nucep y el perro que no sabía ladrar

Los perros son muy importantes en la cultura shuar porque, además de ser amigos fieles y leales, son necesarios en la cacería. Se encargan de encontrar el rastro y acorralar a los animales de los que dependen para alimentarse.

Los shuar tratan a sus perros como a seres humanos; les dan un valor muy especial. Hablan con ellos como si fueran personas, les reprochan cuando se portan mal y los felicitan por sus buenos actos. Curiosamente, el nombre que les dan en su lengua es *yawá*, que significa "tigre". Los mejores canes son los llamados *shuaryawá*: una raza de perros sumamente delgados, de diferentes colores, orejas colgantes y colas muy largas.

Las mujeres y las niñas cuidan a los perros, los alimentan, les enseñan buenas costumbres y a ser buenos cazadores.

Todas las familias tienen por lo menos dos perros con los que comparten por igual la casa y la comida. La familia de Nucep no era diferente a las demás; tenía varios perros, uno viejo y sordo, y un cachorro juguetón que la familia acababa de adquirir a cambio de un saco de cacahuates, y que era el preferido de la niña.

El perrito hacía poco que había abierto los ojos y apenas podía ponerse de pie cuando lo trajeron, pero lo habían separado de su mamá porque la perra era muy buena cazadora y debía volver a su trabajo lo más pronto posible. En casos así, las mujeres alimentan a los cachorritos con yuca o plátano masticado. De esta manera, Nucep se encargó de la crianza del cachorro, además de darle un nombre apropiado. Como tenía el rabo enroscado, la niña decidió llamarlo Whashí, que en su idioma significa "rabo torcido de mono".

Whashí era un perro muy inteligente, inquieto, y parecía estar en todo lugar.

—A este perro sólo le falta hablar —decía la abuela orgullosa.

Y Nucep pensaba: "Si al menos supiera ladrar...".

Porque ése era un gran problema: Whashí no sabía ladrar.

—¿De qué sirve un perro mudo? —se quejó el papá.

—Sí, ¿cómo puede avisar cuando tiene acorralada a una guanta*? —razonó entonces su hermano.

—No, no puede —contestó la mamá moviendo tristemente la cabeza porque ella también quería al perro.

—No, no puede —repitió toda la familia.

—Mejor te libras entonces de ese perro inútil —aconsejaron los vecinos—. Antes de que te encariñes más con él.

"¡Perro inútil!", Nucep se indignó. "¿Cómo podían decir eso de su perro?".

Había llegado el momento de hacer algo al respecto, así que la niña llevó a Whashí donde el chamán, el brujo de la aldea.

—Hoy es otro día, Honorable Mayor —saludó Nucep a la entrada de la cabaña.

La niña llevó cargado en brazos al perro, aunque éste tenía un collar de cuero alrededor de su cuello.

Con un gesto, el brujo indicó a la pequeña que se sentara en el suelo. Nucep le contó el problema y el chamán escuchó con los ojos semicerrados; estiró una mano de uñas larguísimas y abrió el hocico al perrito. Whashí quiso protestar, pero en ese momento Nucep lo tranquilizó.

—*Mmmmm*, su lengua está aún allí. Pero algún espíritu pudo haberle robado la voz.

—¿Qué se puede hacer para recuperarla y que pueda ladrar? —preguntó ansiosa Nucep.

—Tienes que darle hojas de *shiniuma* —aconsejó el chamán, refiriéndose a una hierba medicinal que crece en la selva.

El rostro de Nucep se iluminó: ella sabía dónde encontrar la hierba. Pagó al brujo con dos huevos que sacó de su canasto y corrió hacia el monte a recoger las plantas.

Esa noche aplastó las hojas en un mortero de piedra, las mezcló con un poco de yuca y le hizo comer a Whashí. A la mañana siguiente, apenas se despertó, buscó con la mirada al perro, que por costumbre dormía en una pequeña cama, junto a la suya. Whashí movió contento su cola.

—¡Ladra, Whashí, ladra! —ordenó la niña. El perro la miró ladeando la cabeza a un lado, se rascó una oreja y bostezó.

Nucep se sentó al filo de la cama, y pensó que posiblemente Whashí no iba a ladrar dentro de la casa. Lo mejor sería llevarlo al monte, dejar que encontrara la pista de algún animal, y ahí, con toda seguridad, se sentiría inspirado y ladraría.

Unas nubes densas tapaban al sol y una llovizna menuda caía mojando todo. Nucep cortó una hoja grande de una planta del camino para protegerse de la lluvia. Whashí la seguía pisándole los talones, contento de irse de paseo y olfateando por todas partes.

Cuando se internaron por la maleza, el perro se puso alerta. Caminaba con la cola en alto y la mirada atenta. De repente se detuvo junto a un lugar donde se notaba que la alta hierba estaba aplastada. El perro olfateó, se movió inquieto y regresó a ver a la niña.

—*Ta, ta, ta, ta*..., busca, busca... —susurró ella con la manera acostumbrada por los shuar para entrenar a los perros.

El animal olió de nuevo y el pelo de su lomo se erizó. Descubrió los colmillos, los bigotes le temblaban de furia; pero ningún sonido salió de su garganta.

Nucep supo que el perro había encontrado algo que podía ser peligroso para él, así que lo amarró con la cuerda. Estaba lista para regresar cuando desde la espesura apareció la culebra más grande que ella jamás había visto. Era una *panki* o anaconda que se arrastraba abriendo y cerrando una boca de mandíbulas gigantes.

La niña se quedó como petrificada del susto. Whashí saltaba a su alrededor tratando de zafarse de la soga que lo tenía atado. La culebra estaba cada vez más cerca. Su cuerpo de lunares verdes y marrones se arrastraba sobre la hierba con un *zas, zas, zas*... Se acercaba, más y más, agitando su lengua de un lado al otro.

La serpiente se detuvo y empezó a enrollarse hasta quedar completamente erguida, mirando de frente a la niña, a la misma altura, táctica que usa la *panki* para luego saltar sobre su víctima.

Nucep quería correr, pero sus piernas no le obedecían. Miró a su alrededor... Quizá algunos cazadores estaban cerca; pero... ¿cómo pedir auxilio? Cuando la niña empezó a perder las esperanzas, escuchó un ladrido feroz. Era Whashí, que había logrado zafarse y ladraba a la culebra saltando a su alrededor.

Esto sorprendió tanto a la culebra que retrocedió, y le dio el tiempo suficiente a Nucep para poder escapar corriendo, seguida de cerca por el perro que, feliz con su nueva habilidad, no paraba de ladrar.

Cuando regresaron a la casa, Nucep contó a todos su aventura. Whashí fue premiado con abundante comida y un trozo de sal.

—Whashí, hermanito pequeño, eres un *shuar-yawá* valiente como Etsa —dijo Nucep rascándole la cabeza.

El perro se lamió los bigotes para limpiarse el hocico, miró a la niña con todo su amor perruno en los ojos, y dulcemente le dio un beso en la mano.

Las letras

Kadouae amarró un pedazo de liana a sus pies para poder subir al árbol. Muchos de los árboles de la Amazonia no tienen ramas bajas de donde agarrarse y los niños aprenden a subirse a ellos impulsándose con los pies amarrados. Kadouae subió y subió hasta llegar a las primeras ramas; allí se sostuvo con las rodillas. Extendió una mano hacia el árbol de chonta* que se encontraba a su lado, agarró una rama y de un salto se cambió de árbol. Una vez allí, tomó los frutos de la chonta, y después bajó por el primer árbol. Todo este proceso tan complicado tiene una razón: es imposible trepar por el árbol de chonta debido a que su tronco está cubierto de gruesos espinos.

Kadouae puso los frutos dentro de una canasta, junto a otros que había cosechado, y los contó utilizando los dedos de sus manos y de sus pies. Decidió que eran suficientes, pero no quería volver a casa. No quería ir a ese lugar que llamaban escuela y que habían abierto en la comuna hace poco. Para Kadouae era muy difícil aceptar que le dijeran qué hacer o adónde ir, porque en la cultura de su pueblo, los huaorani, los niños son libres de ir y venir sin restricciones. Además, ¿a quién le gusta pasar las mejores horas del día sentado, haciendo signos en unas tablas, como le había contado su primo Bave, en vez de ir a cazar o jugar revolcándose en el lodo con los otros niños? No, él, definitivamente, no iría jamás a la escuela. Este pensamiento lo puso feliz, y empezó a silbar imitando a los distintos pájaros de la selva.

En los siguientes días varios niños fueron a la escuela por curiosidad. Kadouae era parte del grupo de los que preferían ir a jugar. Los niños huaorani no juegan con juguetes fabricados: un nido abandonado de termitas es una pelota; un pedazo de madera, una muñeca, y la gran selva, su sala de juegos. Tampoco hay ganadores ni perdedores, porque no conocen lo que es la competencia; se juega por el gusto de jugar y nadie trata de ser mejor que otro.

—Yo jamás iré a la escuela —repetía Kadouae a quien quisiera oírle.

Los adultos sonreían. ¿Cómo iban a obligar a un niño a hacer algo que ellos jamás habían hecho? Además, no estaban seguros para qué servía la dichosa escuela.

Pero Kadouae era muy curioso, y en lo más oculto de su corazón sentía muchos deseos por saber qué se hacía en la escuela.

La escuela era un chozón con techo de palma y quedaba junto a un claro donde crecía yuca. Kadouae empezó a caminar a menudo entre los sembrados.

Todos los días se acercaba un poco más, hasta que uno de ellos llegó tan cerca que pudo escuchar lo que explicaba la maestra. Les estaba enseñando otra lengua y unos símbolos extraños a los que llamaba "letras". Decía que saber las letras era como poseer una magia y que de esa forma se podía aprender muchas cosas que su pueblo necesitaría saber para defenderse. Kadouae se quedó boquiabierto. Se alzó en puntillas para conocer las letras. Quería ver qué forma tenían.

La maestra sostenía en sus manos un libro con dibujos de colores y unos pocos niños la rodeaban. Kadouae no alcanzó a distinguir nada.

"Quizá las letras son espíritus que no se pueden ver a menos que uno pertenezca a la escuela", pensó. ¡Qué curiosidad sentía!

Kadouae no sólo comenzó a ir a la escuela todos los días, sino que fue el único alumno, porque los otros, desanimados o porque sus padres no lo aprobaban, jamás volvieron. Sin mucho esfuerzo aprendió Kadouae las letras, a leer y a escribir en aquel idioma nuevo. Poco tiempo después, antes de marcharse, la maestra le regaló el pequeño libro de dibujos con el que le había enseñado.

Kadouae envolvió cuidadosamente el libro en la corteza de una palma y lo escondió en una esquina de la casa. De vez en cuando lo sacaba, y leía una y otra vez las historias, y admiraba los dibujos de colores.

Pasó el tiempo y un día llegó una mujer, que era una especie de líder de los huaorani; venía acompañada por unos extranjeros.

—Estos hombres pertenecen al Gobierno —dijo.

Optaron por saludarlos ceremoniosamente, porque nadie sabía qué significaba eso de "gobierno".

—Debemos hablar cosas importantes relacionadas con nuestra tierra —explicó la mujer.

Los mayores se reunieron listos a aportar su consejo. Los viejos se sentaron en el suelo formando un medio círculo, y esperaron. El resto de la comunidad los rodeó en silencio. La mujer sacó de un maletín unos fajos de papeles escritos y los sostuvo en sus manos.

—Hermanos huaorani, estos papeles nos garantizan que nuestras tierras serán respetadas —exclamó la mujer con gesto de triunfo—. Aquí, aquí lo dice... Está escrito en estas letras —insistió ella, golpeando los papeles con una mano mientras sonreía nerviosa.

—Letras... —los ancianos se miraron los rostros y encogieron los hombros.

—¿Cómo podemos saber que eso es verdad? —preguntó un anciano con desconfianza.

El rostro de la mujer se ensombreció. Sabía lo que estaba pasando. Los huaorani no tienen un solo jefe, y aunque a ella la veían como líder, no le tenían la suficiente confianza... lo que significaba que de no haber alguien de la comuna que leyera los documentos en voz alta para que todos escucharan y aprobaran, no se lograría adelantar nada.

—¿Hay alguien aquí que sepa leer? ¿No hay una escuelita en el poblado? —preguntó esperanzada.

Nadie contestó.

Los niños se rieron avergonzados.

Los ancianos trataron de lucir más dignos que nunca.

Los adultos se movieron inquietos. Quién hubiera dicho que mandar a los niños a la escuela hubiera sido útil.

La mujer regresó a ver a los hombres y mujeres de la comuna.

—Es importante... —imploró angustiada—. Es importante para todos nosotros, para el pueblo huaorani...

Entonces, alguien habló:

—Yo puedo... Yo sé leer —dijo tímidamente una voz en medio del grupo.

Era Kadouae.

La mujer se acercó a él y le entregó el papel con gesto de alivio.

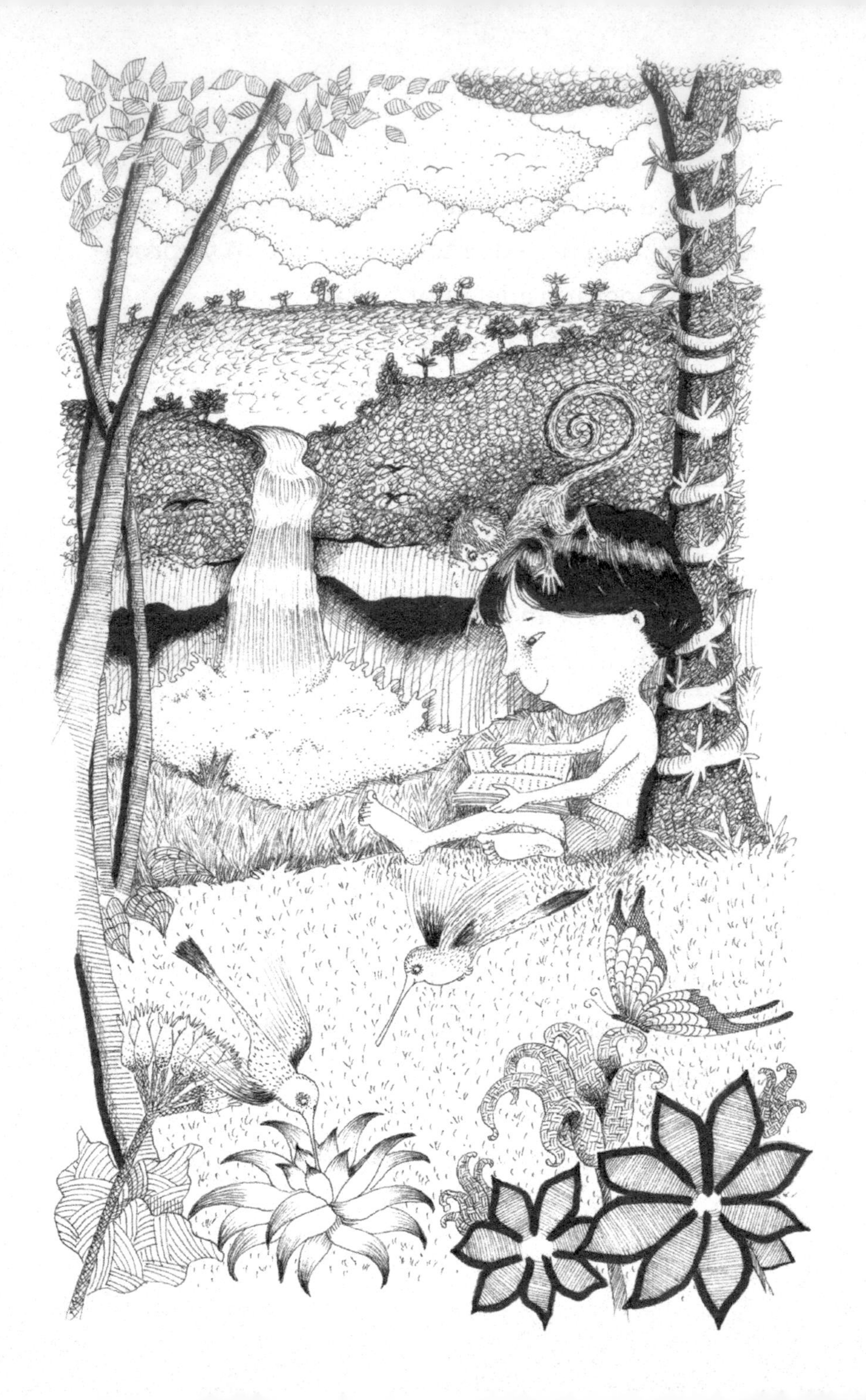

Los ancianos estiraron sus cuellos para oír mejor. Kadouae miró las letras, se aclaró la garganta y comenzó a leer sin ningún problema.

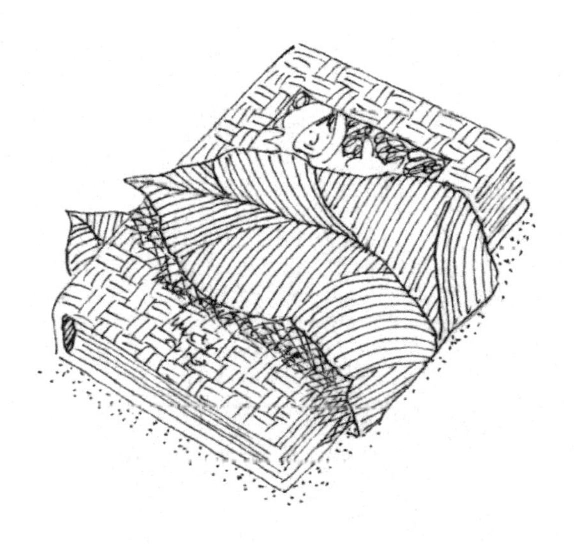

La barca de la luna

María Piaguaje, sentada sobre un tronco, pateaba el agua del río mientras pensaba. Sus movimientos bruscos mostraban que estaba furiosa. Y es que en sus 11 años jamás se había sentido tan disgustada. Esa tarde lo habían anunciado los mayores: su pueblo tenía que marcharse. Les dijeron que esa tierra ya no pertenecía a los secoya. Gente extraña había talado su bosque y ensuciado las aguas de sus ríos. Ésa era la última noche que María pasaría allí. La última vez que vería el río. La niña giró los ojos, abarcando todo, como si quisiera llevarse el paisaje con la mirada, y suspiró soñadora. El ruido de una rana que saltaba dentro del agua la hizo volver a la realidad. Ya había anochecido. Una luna nueva en forma de cuerno se reflejaba sobre el agua.

—¡Oh, Ñañé, Ñañé! ¿Qué será de nosotros? —gritó impulsivamente María, mirando a la luna y llamándola con el nombre por el que su pueblo la conocía.

Luego se puso de pie y extendió los brazos para equilibrarse, y así caminó por el tronco hasta llegar a la orilla. Dio un pequeño salto y sus pies se hundieron; los movió dentro del lodo y sintió la agradable sensación de la tierra húmeda entre los dedos.

—A mí también me gusta mucho hacer eso —dijo la voz de un niño.

María Piaguaje miró sorprendida. En la mitad del río un muchacho pequeño, adornado con una corona de plumas, sonreía.

—¿Hacer qué...? —preguntó sin moverse del lugar donde se encontraba.

—Eso que haces tú —señaló el niño a los pies de María—. Jugar con los pies en el lodo. Aunque lo que más me gusta es reflejarme en el agua.

María sonrió también:

—¿Quién eres?

—Soy Ñañé, el hijo de Rebao —contestó el chico, acercándose a la niña.

—Sí, claro... Si tú eres el hijo de Rebao, yo soy el espíritu del agua —se burló María, refiriéndose al mito de los secoya que dice que la luna es un muchacho llamado Ñañé, hijo de Rebao, el espíritu de la creación.

El muchacho se detuvo. Sus ojos tenían un extraño fulgor y el color de su piel era gris azulado. Al verlo de tan cerca, María se asustó y corrió hacia las matas.

—Espera, no te vayas... —pidió el muchacho extendiendo las manos. Sus uñas brillaban como piedras preciosas.

—¡No te acerques! —gritó María, agarrando una piedra y tirándola con fuerza contra él. La piedra lo alcanzó y, al golpearlo, una lluvia luminosa brotó de su cuerpo.

María se cubrió la boca con las manos.

—No tengas miedo de mí... Yo siempre he sido amigo de tu pueblo —explicó.

—¿Por qué has venido? —preguntó entonces María.

—Porque tú me llamaste.

María alzó la mirada al cielo. El pedazo de luna en forma de cuerno había desaparecido.

—Las nubes taparon a Ñañé —dijo.

El muchacho siguió su mirada:

—¿Cómo esperas verme allá arriba si estoy contigo aquí? —insistió.

—¿En verdad eres Ñañé?

—Claro que sí... Pero no veo por qué te sorprendes; me conoces de toda la vida, es decir, me has visto desde que eras pequeñita —le reprochó el muchacho.

—Bueno, te he visto allá arriba, pero aquí... ya es otra cosa.

—Tonterías... Allá, aquí, soy el mismo, ¿no?

María Piaguaje quiso decirle que no era exactamente así, pero no quería comenzar una discusión con tremendo personaje.

—¿Cómo te llamas?

—María, María Piaguaje...

—¿Y por qué estás triste?

—Porque nos obligan a abandonar esta tierra... Dicen que no es nuestra, que ahora pertenece a otros.

—¡Qué tontería...! Tu pueblo vino del cielo hace mucho tiempo... Yo lo sé. Llegaron a estas tierras y se ubicaron en el río Guajoyá. Hasta allí llegaron tus parientes celestiales. Me parece verlos con sus túnicas multicolores. Trajeron plantas de adornos, maíz, caña de azúcar, para fabricar lanzas, flautas y caña brava, de donde nacen los pájaros azules de cuyas plumas los hombres fabrican collares y coronas.

La niña lo escuchaba atentamente. Y Ñañé continuó:

—*Mmmmm*, esto no le va gustar a Rebao, porque ella ama a tu gente... Y ya sabes que ella es quien reposa en su hamaca colgada en las columnas de madera que sostienen a la tierra. Si se enfada, va a causar un gran terremoto —concluyó asintiendo con la cabeza, y continuó—; pero eso no lo podremos evitar nosotros, así que ven conmigo, te llevaré en mi barca y navegaremos por el río celestial hasta el cielo superior, donde está mi morada.

—Pero... ¿cómo me voy a ir contigo? ¿Y mi familia...? —preguntó María.

El muchacho se quedó callado.

—Ñañé, no puedo irme sin mi familia... —insistió ella.

—Bueno, entonces los llevaré a todos.

—¡A todos...! Somos muchos. Ocupamos 12 cabañas y tenemos varios animales que no podemos dejar atrás.

—*Pff*... Mi barca es muy grande... Comienza a crecer en un mes y termina en un mes para empezar a crecer de nuevo.

—¿De verdad...? ¿Podríamos todos ir contigo? ¿Y qué haríamos?

—Podrías ayudar a Ocome, el jefe de todos los peces del río, a distribuirlos en la tierra.

—¡Eso nos gustaría mucho! —María palmoteó feliz—. Pero ahora es tarde, nadie estará listo todavía, y los preparativos llevan algún tiempo. ¿Podríamos encontrarnos contigo mañana, así, por la noche?

—Está bien, María... Mañana por la noche y en este lugar —estuvo de acuerdo Ñañé.

Se despidieron, y la niña se fue corriendo a contar este encuentro a su gente. Llegó gritando de tal manera que todos la rodearon en minutos pensando que algo grave le sucedía. Cuando lograron entenderla, se maravillaron. Buscaron al chamán porque pensaron que él tenía que guiarlos en lo que debían hacer. El chamán escuchó el relato con gran calma, preparó dos recipientes de brebaje mágico, y se lo bebió todo, antes de hablar. Levantó la mano para pedir silencio al pequeño grupo que lo rodeaba, y dijo:

—Si Ñañé quiere llevarnos, vamos con Ñañé.

Esto causó un frenesí entre la gente, que se puso inmediatamente a empacar todo lo que quería llevar. Trabajaron toda la noche, toda la mañana siguiente y toda la tarde. Al llegar la noche estaban listos.

Caminaron silenciosamente hasta el río. Hasta los niños, normalmente bulliciosos, estaban serios y callados.

Buscaron a la luna ansiosamente en el cielo, pero la noche estaba completamente oscura, cubierta por densas nubes. María se sentía inquieta. "¿Qué pasaría si Ñañé se olvidaba de su ofrecimiento?".

Pasaron los minutos y las horas sin que nada sucediera. La niña tenía dolor de estómago y la cabeza le ardía. La gente empezaba a señalarla y a murmurar. Empezó a llover de golpe torrencialmente. Todos se agruparon sin moverse de la orilla. Llovió durante una hora y escampó tan abruptamente como había comenzado. Las nubes se movieron y dejaron ver un pedazo de luna.

La expectativa creció dentro del grupo. Nadie se atrevía casi a respirar. Esperaron y esperaron...

Alguien escupió, y como si esto hubiera sido una señal, el grupo empezó a dispersarse. Las mujeres

cargaron de nuevo a sus hijos, los hombres tomaron los bultos grandes llenos de sus enseres, y empezaron a alejarse.

María se subió en el tronco donde había estado la noche anterior y miró a las negras aguas del río; allí, en medio, apareció la figura de cuerno de la luna. El reflejo se fue agrandando y agrandando hasta que todo el río parecía de plata. La claridad era tan intensa que alumbraba toda la orilla. Los árboles se cubrieron de estrellas. Una barca plateada bajó por el río.

María Piaguaje fue la primera en subirse; luego subieron los demás, y la barca se alejó dejando una estela de luz sobre la selva.

Los tigres van al cielo

El pueblo siona cree que los tigres van al cielo. También cree que es posible que un hombre pueda contraer matrimonio con una tigresa. Los hijos de esta unión, que en apariencia son humanos, pueden ser amigos de los tigres; además, reconocen las huellas que dejan los espíritus de los tigres que pertenecen a su familia.

A Yaiyeopian lo acusaban de ser hijo de una tigresa. Había varias razones para tal acusación: tenía los ojos amarillentos, cosa extraña entre su pueblo; podía caminar sin perderse en la oscuridad, y le gustaba comer grandes cantidades de carne, sin jamás probar yuca o mandioca. Aparte de que nadie nunca conoció a la madre de Yaiyeopian. Su papá había regresado con él cuando era muy pequeño, colgado a su espalda como un monito, luego de algunos años de ausencia.

Yaiyeopian creció como todos los niños, aunque se demoró un poco más que los otros en aprender a hablar y, cuando lo logró, dio gritos, costumbre que le quedó toda la vida y que hacía a la gente decir cuando lo escuchaban:

—Ya está rugiendo el tigre.

El pequeño poblado subsistía, además de con la caza, de la siembra de varios productos en pequeños huertos o chacras que pertenecían a la comunidad. Yaiyeopian era el encargado de cuidar las chacras para que nadie se acercara a robarlas, puesto que la gente pensaba que no había nadie mejor que un "tigre" para guardián.

Un día, cuando Yaiyeopian cuidaba los huertos, escuchó un ruido en medio del maíz. Se acercó con el machete en alto y, como era su costumbre, gritó:

—¿Quién anda ahí?

Nadie respondió.

—¿Que quién está por aquí? —gritó aún más fuerte el chico.

Escuchó una respiración entrecortada.

Yaiyeopian se metió en medio del maíz blandiendo el machete de un lado a otro.

Unos ojos redondos bordeados de un círculo negro lo miraron atemorizados.

—¡Un tigrillo! —exclamó sorprendido Yaiyeopian.

El animal gruñó enseñando los dientes y trató de ponerse en pie.

—Pobrecito..., estás herido... —dijo el chico, y una enorme ternura se apoderó de él.

Sabía que el tigrillo no se iba a dejar tocar porque estaba completamente aterrorizado. En esas condiciones no podía intentar curarlo, pero podía tratar de alimentarlo. Fue hasta su casa a buscar unos plátanos que sacó de una olla apresuradamente, antes de que alguien lo encontrara y le hiciera preguntas.

Cuando regresó, el tigrillo seguía en el mismo lugar. La lengua le colgaba, y una baba amarillenta salía de su boca. Al verlo, se dio cuenta inmediatamente de que el animal estaba sufriendo los efectos de algún veneno. Buscó con su mirada. En una de las patas traseras vio una hinchazón... ¡Había sido picado por una culebra!

Yaiyeopian no perdió ni un segundo, y corrió de nuevo al poblado. Tomó prestada una piedra de moler de una vecina, y un poco de agua... Se internó en la maleza que rodeaba el caserío, y fue directamente hacia unas matas de hojas largas cubiertas por un vello delicado. Arrancó algunas, antes de regresar donde el tigrillo. El animal estaba tan débil que apenas gruñía.

Yaiyeopian aplastó las hojas en el mortero, y puso un poco de agua hasta formar una pasta. Con cuidado para no lastimarse con los dientes afilados del animal, lo obligó a abrir el hocico e introdujo la medicina. El tigrillo se quejó sacudiendo la cabeza. Parecía que iba a vomitar. El niño apretó el hocico, suave pero firmemente, hasta que el tigrillo tragó. Luego tomó en sus manos la pata herida y extrajo un pequeño cuchillo que llevaba amarrado a su cintura; con la punta, hizo un corte en la piel del animal y succionó el veneno, cuidando de no tragarlo. Después se enjuagó la boca con agua. El tigrillo lo miraba.

Yaiyeopian se quedó sentado a su lado, acariciándole la cabeza, y de pronto se escuchó a sí mismo gruñir suavemente. Se sorprendió, porque nunca le

había pasado esto antes... ¡Él no tenía ni idea de que podía hacer sonidos de tigre! El tigrillo levantó sus pequeñas orejas y las hizo girar hacia Yaiyeopian, escuchando atentamente el ruido que salía de la garganta del niño.

Yaiyeopian pensó que le gustaría hacerle saber al tigrillo que no le haría ningún daño. Abrió su boca para hablar y, para su sorpresa, emitió unos ruidos felinos que el tigre contestó con otros iguales. ¡Yaiyeopian se sintió maravillado...! Podía comunicarse con el tigre; bueno, él no entendía nada, pero parecía que el animal sí, porque lo miraba con toda confianza... Así se quedaron toda la tarde. El niño pensaba lo que quería decir, lo transformaba en gruñidos y el tigre entendía. No le pareció buena idea contar lo del tigre en su caserío; lo dejó escondido dentro de una cueva y tapó la entrada con piedras.

Durante días, cuidó del tigre: le llevó comida, jugó con él y mantuvo largas conversaciones que el animal parecía comprender. Nunca en su corta vida, Yaiyeopian se había sentido tan acompañado como ahora. Pasaron las semanas, y el tigrillo se recuperó completamente, y así, una mañana, cuando lo fue a buscar, encontró que el tigrillo se había marchado.

El niño jamás olvidó al tigre. Soñaba con volverlo a ver y comunicarse con él de esa manera tan extraña que los había unido tanto.

Un día, cuando los hombres del poblado salieron de cacería, regresaron con un enorme tigrillo que habían encontrado muerto. Posiblemente algún colono, dijeron, le había disparado con una carabina, y el tigre, herido, había escapado para luego morir entre unos altos matorrales. Allí lo encontraron los siona. Cuando Yaiyeopian escuchó esto, su corazón dio un vuelco. Se acercó al grupo... y reconoció al tigre. El chico se alejó con la cabeza baja.

Quería estar solo y caminar sin rumbo... Las lágrimas rodaban libremente por sus mejillas, por la punta de su nariz; algunas rodaban hasta el cuello y otras caían sin ruido al camino de tierra. Se limpió la nariz con una mano y de repente sintió como si alguien más lo acompañara... Miró a su alrededor: no había nadie con él; pero cuando miró hacia atrás se sorprendió al notar que en la tierra aparecían, junto a sus huellas, las de un tigre que avanzaban junto a las suyas y se detenían cuando él también se detenía...

Yaiyeopian alzó los brazos, miró hacia el firmamento y sonrió. Era verdad que los tigres van al cielo y su espíritu se queda en la tierra... con sus hermanos tigres, por supuesto.

—¡Para siempre, para siempre juntos...! —gritó.

Y su grito sonó igual que el rugido de un tigre.

El río

Para los niños quichuas del Oriente, el río es su centro social: allí se encuentran para jugar, competir, hacer amigos o participar en una pelea. Dos veces al año hay regatas sobre flotadores en el río. Todo el que quiera puede concursar sin que haya un límite de edad, ni reglas difíciles; tan sólo se necesita la cámara de una rueda grande, saber nadar bien... y listo: se puede concursar.

Ruth Tanguila y Ester Siguano sabían nadar muy bien, como todas las niñas de la Amazonia; pero carecían de lo principal: la cámara de una rueda.

Llevaban varios días recorriendo el pueblito más cercano a la comuna Rucullacta, que era donde vivían, sin poder encontrar una sola. Faltaban apenas dos días para la regata.

—Oye, Ruth, si no conseguimos una rueda, vamos a tener que dejar esto para hacerlo el próximo año —dijo Ester preocupada.

—Claro, no nos quedaría más remedio; pero me gustaría concursar este año... ¡para ganarles a esas pesadas de las Chiguano!

Ruth y Ester, además de ser íntimas amigas, eran primas, y durante años habían rivalizado con dos niñas de otra comuna, las hermanas Katy y Ana Chiguano.

Y siguieron buscando quién les pudiera dar una cámara... La misma mañana de las regatas, un tío, que llegó de la ciudad, les regaló una. Estaba llena de parches y un lado se inflaba más que el otro, pero a ellas les pareció maravillosa.

Con la rueda bajo el brazo, se fueron al puente, donde ya estaban reunidos muchísimos niños y niñas listos para comenzar las regatas.

Ester buscó con la mirada a las hermanas Chiguano. Quería ver qué clase de flotador tenían. Cuando las encontró, sus ojos rasgados se abrieron por la sorpresa: ¡sus odiadas contrincantes sostenían entre las dos la rueda más grande que había visto en su vida! Ruth, que se encontraba a su lado, siguió curiosa la dirección de la mirada de su prima y tuvo la misma reacción. ¡Debió de ser la cámara de la enorme rueda de un tractor!

Justo en ese momento, un muchacho joven llamó a todos por un megáfono.

—¡Atención, atención...! ¡Todos los participantes de las comunas Jumandy, Rucullacta y Lucianta deben venir a este lugar para comenzar las regatas!

Los concursantes se separaron del público y se acercaron al muchacho del megáfono. Los niños vestían un pantalón corto y las niñas igual, además de cubrirse con una camiseta.

—Cuando escuchen la señal, todos deben saltar al agua —gritó el joven, llevándose un silbato a la boca.

Ruth y Ester cayeron al mismo tiempo y se subieron juntas en el flotador. El lado en forma de bola le tocó a Ester, que debía esforzarse por mantener el equilibrio. Las dos remaron con las manos y los pies lo más rápido que pudieron.

Al poco rato, las hermanas Chiguano las pasaron y les sacaron la lengua, gesto que Ruth y Ester contestaron de igual manera.

—¡No pierdas tiempo, Ester! —gritó Ruth—. ¡Sigue remando sin detenerte!

Uno de los parches se despegó, y el flotador quedó completamente desinflado. Las niñas movieron la cabeza consternadas. No había nada que hacer. Nadaron hasta la orilla y se subieron a un árbol para ver mejor la regata. La gran mayoría de ruedas se hallaba muy lejos ya, menos una que se había ido por el otro brazo del río... Era la de Katy y Ana.

—¡Mira, qué locas, se equivocaron de lado y ahora van directo a la cascada! —Ruth se rio.

—Vas a ver el golpe que se dan —dijo Ester.

—¡La cascada! —repitieron las niñas.

Se miraron asustadas: ¡la cascada era el lugar más peligroso del río!

Buscaron con la mirada a otras personas que pudieran ayudar a Katy y a Ana, pero todos estaban muy lejos.

—¡Oye, nosotras estamos cerca...! ¡Vamos a ayudarlas! —dijo Ester.

Se bajaron del árbol y corrieron por la orilla llena de lodo. Encontraron una embarcación amarrada a una rama.

—¡Una canoa! —gritó Ruth.

Se subieron y empezaron a remar en dirección al flotador de las niñas, que se había atascado justo

en una esquina, casi para doblar hacia la cascada.

—¡Ey, agárrense a las ramas! —gritó Ester, remando con toda la fuerza que podía.

Parecía que Katy y Ana no las podían oír, porque el ruido del agua que caía era ensordecedor.

Ruth y Ester pusieron la canoa lo más cerca del flotador; Ruth extendió una mano, que una de las niñas agarró con fuerza, y a la vez dio la suya a su hermana. La canoa se movía de lado a lado como si se fuera a hundir. Las cuatro niñas gritaron. Ester sostuvo el flotador con sus manos mientras Katy y Ana se cambiaban de embarcación. En ese instante, la corriente se llevó la enorme rueda, que cayó dando tumbos por la cascada.

Regresaron hasta el puente. La regata había terminado y se estaban entregando los premios a los ganadores. Unos niños de su misma escuela las vieron llegar.

—¡*Uyy*..., perdieron! ¡Ni en canoa pudieron ganar! —se burlaron de ellas.

Las niñas se miraron entre sí, se alzaron de hombros y luego sonrieron.

—Están equivocados... —dijo Ruth, agarrando a Katy y a Ana por un brazo—. Nosotras ganamos.

—Claro que sí, nosotras ganamos. Nosotras... las cuatro —se rio Ester, y pasó su brazo por el de Ruth.

Katy y Ana también rieron, y de ese modo, abrazadas, se fueron pisando fuerte con sus pies descalzos.

Las plantas mágicas

Carmen Llamantay miró al sol y se apresuró a recolectar las diferentes plantas que había salido a buscar. No podía demorarse, porque pasadas ciertas horas salen los ayas o espíritus maléficos, como el *Sacha-runa* u hombre del monte que vive en las quebradas, o como el *Yacu-runa*, el hombre del agua que habita en los pantanos.

Se acercó entonces a un árbol cargado de frutos pequeños cubiertos de púas. Los arrancó y los metió dentro de una *shigra*, un canasto de red que la pequeña cargaba al hombro. Se trataba de un árbol cuyo fruto produce unas semillas rojas que manchan cuando se las toca y que son utilizadas para pintar la cara o el cuerpo durante la celebración de fiestas o ceremonias importantes.

Luego se agachó y buscó entre las plantas. Encontró una que tenía las ramas y las hojas peludas, semejantes a las patas de una tarántula. Delicadamente, arrancó algunas ramas, asegurándose que las sacaba con raíz. Esta planta es conocida como "araña-caspi" por su parecido a las arañas, y la utilizan para curar las mordeduras de arañas y serpientes venenosas. Siempre con los ojos atentos, siguió caminando por la selva. Aquí y allá se detenía para arrancar una hoja, un pedazo de corteza de algún árbol o alguna flor. Volvió a mirar al sol y pareció dudar; mejor sería regresar pronto a su poblado.

Carmen era nieta del chamán más venerado del lugar. La niña se había ganado la confianza de su abuelo, quien la enviaba a buscar plantas medicinales para curar a sus pacientes. Las sombras se alargaban cada vez más.

Pasó cerca de un arbusto de *ali huantuj* cubierto con hermosas flores grandes y acampanadas. Carmen se agachó para evitar que las flores la rozaran; sólo los chamanes las pueden tocar para adquirir poderes mágicos y comunicarse con los espíritus de la selva. Un ruido a su espalda la distrajo y, al regresar a ver, una de las flores le golpeó la cara y, al mismo tiempo, escuchó un quejido de algún lugar cercano. La niña se estremeció. Seguro que se trataba de algún aya, o espíritu que ronda la selva, y ella no lo podía oír por haber tocado la flor del *huantuj*. Acomodó su canasto lleno y se santiguó. Los quejidos volvieron a sonar, lastimeros, como de alguien que sufría algún gran dolor. Carmen apresuró el paso. Una bandada de loros cabeza azul voló en lo alto.

—¡Auxilio, auxilio, socorro...! —dijo una voz lastimera entre la maleza. No sonaba como un fantasma, sino como alguien que necesitaba ayuda.

Carmen se acercó al lugar. Sin hacer el menor ruido, la niña separó las enormes hojas y miró con cautela. Sentado en el suelo, con la espalda apoyada contra un árbol, estaba un joven de cabellos rojos que se sostenía una pierna con ambas manos. En su cara se veía una mueca de dolor. "¡Un gringo!", pensó Carmen. No estaba muy segura si eran peligrosos porque nunca había hablado con uno de ellos, pero dedujo que era mejor encontrarse con un gringo que con un *aya*. Como si presintiera la presencia de la niña, el joven extranjero levantó la vista justo en el momento en que ella se escondía de nuevo.

—¡Por favor, ayúdenme...! —dijo en un tono de angustia.

Carmen volvió a espiarlo desde su escondite. Era un hombre joven, quizá como su hermano mayor.

—Sé que alguien está allí... Por favor, necesito ayuda... —insistió el joven.

Carmen silbó sin dejarse ver.

—Gracias por comunicarte conmigo —suspiró él, aliviado—. No te voy a hacer daño... Mira, te regalo mi navaja si me ayudas a salir de aquí, si me llevas a tu poblado.

Una navaja roja y brillante cayó muy cerca de donde estaba Carmen. Ella la tomó para examinarla. No estaba mal.

La niña salió y se puso de pie frente al joven.

Un gesto de desaliento apareció en la cara del pelirrojo al ver a Carmen: ¡era apenas una pequeña niña!

—Vamos, apóyate en mí —sugirió ella.

—Soy muy pesado para que tú puedas ayudarme —dijo él sonriendo.

—Y yo soy más fuerte de lo que crees... —repuso ella—. Puedo cargar mucha leña.

Sin creerle del todo, él trató de incorporarse. Carmen adelantó un pie, extendió una mano y lo agarró. Por un momento pareció que el hombre se iba a desmayar; su cuerpo osciló de un lado al otro hasta que se abrazó al árbol.

—Estoy un poco débil —se disculpó.

Carmen se puso a su lado para que se apoyara en su hombro.

Lentamente, caminaron la distancia que faltaba para llegar al poblado. Cuando el pelirrojo vio el canasto lleno de plantas, le contó que él también estaba recolectando especies de plantas y que, al tratar de subirse a un árbol, se partió la rama de donde se sujetaba, y se cayó, lastimándose la pierna.

—¿Y qué haces con las plantas que te llevas de la selva? —preguntó Carmen.

—Las seco en medio de papeles —contestó él.

—¿Y cómo las utilizas cuando estás enfermo?

—¿Utilizarlas para curarme, quieres decir?

—Sí.

—Yo no las uso como medicina. Cuando estoy enfermo tomo remedios, pastillas y eso... A las plantas sólo las estudio y las llevo a un museo. En mi mundo nadie cree en la magia de las plantas de la selva.

Carmen no sabía qué era un museo ni qué eran pastillas, pero estaba segura de que el joven extranjero desperdiciaba la magia de las plantas de una manera tonta.

Llegaron a un caserío de viviendas de caña con techo de palma. Muchos niños salieron a recibirlos con gritos de alegría, pero al ver al extraño personaje guardaron silencio.

Carmen llevó al herido directamente a la casa de su abuelo. El chamán inmediatamente lo hizo recostar en una cama de tablas para examinarlo. La pierna del joven se había hinchado terriblemente, y presentaba una herida profunda desde la rodilla hasta el nudo del pie.

Carmen entregó a su abuelo las plantas medicinales que había recogido. El anciano escogió varios trozos de corteza y los calentó al fuego; luego los raspó, y con este polvo mezclado con agua lavó la herida.

—Un momento... —el pelirrojo miraba con desconfianza al chamán—. Yo prefiero que no me toque mi pierna... Déjeme solamente pasar la noche aquí —dijo.

El chamán miró al joven y movió negativamente la cabeza:

—Mañana será muy tarde... —dijo—. Ya ha entrado un "mal aire" en tu cuerpo y te dará fiebre. Además, hay que poner el hueso de tu pierna en su sitio.

—No, gracias... Ya no me siento tan mal —contestó, aunque se sentía arder.

—Déjate curar... y no tengas miedo. Mi abuelo es muy buen brujo.

Al escuchar esto, el extranjero se puso a temblar.

El chamán, con la ayuda de la niña, siguió con el tratamiento. Luego de lavar la herida, tomó una rama, sacó la savia, y la aplicó con cuidado.

—Esto es "sangre de drago" —explicó Carmen—. Es para que no te quede cicatriz.

Así siguió el tratamiento por un largo rato. El chamán tiró de la pierna rota, y esto hizo gritar a John, el pelirrojo; pero sirvió para poner el hueso en su sitio. Después, envolvió la pierna en unas hojas anchas y la sostuvo entre dos tablas. El chamán prendió un cigarro y se puso a fumar y a lanzar el humo en la cara del herido, mientras repetía un canto ritual:

—Hey, que yo no fumo, *cof, cof,* ¿qué demonios está haciendo? —el pelirrojo trató de levantarse.

—Deja... —pidió Carmen, sosteniéndolo con sus manos—, está ahuyentando a los malos espíritus del cuerpo.

—¡Caray! —se rio el muchacho—. Si mi pierna no me doliera tanto, a mí también me hubiera ahuyentado.

Por último, le dieron una infusión hecha con flores pequeñas y delicadas que olía muy bien, y esta bebida lo hizo caer en un profundo sueño hasta la mañana siguiente.

Cuando se despertó, vio a Carmen sentada en el suelo.

—Buenos días. Ahora debes ayudarme a conseguir la manera de llegar a un pueblo grande, o mejor a la ciudad. ¿Crees que alguien aquí tiene algún tipo de transporte?

—¿Para qué quieres ir a la ciudad?

—¿Cómo que para qué...? Para ir a un hospital, naturalmente. Allí hay médicos.

—Ah, lo hubieras dicho antes —dijo Carmen—, el hospital de los colonos está río abajo, al otro lado del poblado.

—Y entonces, ¿por qué no me llevaste allá anoche?

—Porque tú me pediste que te trajera acá. "Llévame a tu poblado", me dijiste.

—Peeero...

—Ya te sientes bien ahora, ¿verdad?

La niña lo veía con grandes ojos interrogantes.

—Esste..., sí —contestó, dándose cuenta por primera vez de lo bien que se sentía.

—Ya ves, es porque te curó mi abuelito, el mejor brujo de la zona, y te curó con las plantas mágicas.

El joven se echó a reír. Se miró la pierna, y dijo muy serio:

—Te prometo que jamás volveré a mirar a la flora de la selva igual que antes.

Ella no sabía lo que quería decir "flora", pero se imaginó que por fin el gringo había aprendido que la magia de las plantas existía.

Carmen sacó la navaja que él mismo le regalara la tarde anterior, abrió la cuchilla y se puso a raspar varias cortezas de árboles que tenía a su lado para tener todo listo cuando llegaran nuevos pacientes.

Verde fue mi selva

Tae fue una niña alegre y juguetona hasta la llegada de los blancos. Ellos construían torres en medio de la selva; a través de ellas, sacaban del fondo de la tierra un líquido que llamaban "petróleo". El petróleo, al ser vertido, mataba a la selva y al río. La orilla quedó pintada de un lodo negro, de un negro espeso, hediondo, con un olor repugnante. El verde brillante de las hojas se tapó bajo una capa aceitosa que ni la lluvia pudo lavar. Al principio, sólo fueron los peces los que pasaron flotando panza arriba; luego, las garzas quedaron atrapadas en el fango sucio y pegajoso; después, los cormoranes* y los patos perdieron el color de sus plumas y, por último, los delfines desaparecieron.

—Verde fue mi selva —dijo Tae con voz trémula.

Y eso fue lo último que le oyeron decir, porque rehusó volver a hablar.

Los cofán, que creen que los espíritus habitan cerca del río, construyeron una pequeña choza esperando que alguno de ellos ayudara a la niña. Tae pasaba las noches y los días allí, junto al río.

Pero no estaba sola; venían a acompañarla una mariposa y su primo, un murciélago de alas suaves como el terciopelo, un poco cegatón y medio tonto. Los dos hablaban sin parar mientras observaban de cerca a Tae.

—Pobrecita, se quedó muda del susto, ¿sabes? —comentó en una ocasión la mariposa al murciélago.

—Sí, y eso que hablar es lo que más les gusta a los humanos —se burló el murciélago—. Es lo mejorcito que saben hacer: hablar, hablar y hablar —continuó diciendo, colgado de una rama.

—Ay, tú... De tanto estar de cabeza te estás poniendo tonto —reclamó la mariposa—. No ves que esta pobre niña está sufriendo —y acarició suavemente con sus alas las mejillas de Tae.

—Sí, ya sé, ya sé... A mí también me da pena verla así. Pero ¿qué podemos hacer nosotros? —suspiró el murciélago.

—Quizá hay otros que la puedan ayudar.

Los dos pensaron largo rato, y el murciélago tuvo la idea de llamar al jaguar. Al fin y al cabo, el jaguar sabía las cosas de la tierra y del cielo porque en una época lejana había sido un dios. Entonces, la mariposa llamó al jaguar.

Al llegar, el jaguar se acercó a Tae. Ella lo vio con una mirada vacía.

—¿Qué le pasa? —preguntó el jaguar.

—No sabemos —contestó la mariposa—; pero se puso así al ver el lodo negro que invade el río.

—La comprendo... —dijo el jaguar con simpatía—. Mi familia y yo también estamos tristes. Como ahora no podemos beber el agua del río, debemos marcharnos de aquí.

—¡Eso es! —exclamó el murciélago—. Ella también está triste por eso.

La mariposa se posó en el hombro de la niña. Movió sus alas una y otra vez, y después le preguntó:

—¿Tae, es por eso que estás así?

Pero la niña no dijo nada. Su piel, normalmente de un color tostado, se puso pálida.

—No, no era por eso —dijo el murciélago moviendo su cabeza de un lado al otro—. ¡Seguro que no vuelve a hablar nunca más!

—¡Oh! ¡Cállate de una vez! —intervino la mariposa, molesta—. Mejor pensemos qué hacer...

El jaguar sugirió que llamaran al tucán, pues ese pájaro era un cotilla y siempre sabía los últimos chismes de la selva.

El murciélago fue en busca del tucán, y éste no se hizo invitar dos veces y llegó volando.

—A ver, a ver, ¿qué sucede? Y, ¿por qué sucede? —preguntó cerrando un ojo y girando la cabeza hacia un lado. Dio saltitos alrededor de Tae, y luego fue al río y se inclinó sobre sus aguas—. Ajá... —exclamó con cara de experto—. Esta niña ya no puede ver su reflejo en el agua, porque el agua está negra y sucia, y si no puede verse reflejada, se siente muy mal.

La mariposa se acercó entonces a Tae, y le preguntó:

—¿Es por eso que estás tan triste, Tae?

Pero la niña no respondió y se volvió más pálida.

El tucán sugirió traer al venado. Dijo que como iba por allí corriendo de un lado al otro, y era muy viajero, quizá sabría qué hacer.

Así que la mariposa trajo al venado.

De inmediato, el venado levantó su hermosa cabeza y olió intensamente:

—*Uuugg*, ¡qué horrible olor! —se quejó—. Esta agua huele horrible. Eso es lo que le pasa a la pobre niña. ¿Quién va a resistir este olor sin sentirse mal?

La mariposa volvió a preguntar a Tae:

—Tae, Tae, ¿es por esto que estás así?

Pero la niña no contestó nada y empalideció aún más.

Todos se entristecieron.

Al cabo de un rato, el venado tuvo una buena idea: traer a la anaconda. Porque la culebra conoce muy bien los ríos.

Esta vez, el murciélago fue a buscar a la anaconda. Lo hizo con ciertos reparos, porque todos conocían el carácter de la culebra; pero ella prometió portarse bien y llegó de buen humor hasta donde estaba la niña.

La anaconda se dirigió hasta la orilla del río con la intención de investigar:

—¡Qué asco! —escupió—. ¡No hay manera de meterse en esta agua! ¡Seguro que la niña está furiosa porque aquí no puede nadar!

La mariposa voló donde Tae, y le preguntó de nuevo:

—¿Es por eso, Tae, que estás así?

Pero la niña no contestó nada y su piel se puso casi transparente.

—Así se ponen los humanos antes de que les pase algo muy grave —dijo el murciélago con aires de sabiduría—. Luego se caen hacia un lado o patas arriba y, *pafff*, se mueren —concluyó, cerrando las alas en un sonoro aplauso.

—¡No digas eso! —gritó la mariposa.

—Tenemos que hacer algo antes de que sea tarde —aconsejó el jaguar—, o esta niña va a desaparecer dentro de poco.

Al escuchar esto, el tucán se rascó con el pico debajo de un ala, y dijo:

—Si pudiéramos saber qué es lo que siente, podríamos conversar con ella y tal vez encontrar una solución.

—Yo puedo ayudar —escucharon decir desde el suelo.

Todos buscaron con la mirada entre la hierba, y vieron aparecer a una pequeña mariquita roja que voló hacia la mano de Tae.

—¿Cómo vas a lograr tú lo que nosotros no hemos logrado? —preguntó la anaconda en tono belicoso.

—Sí, ¿qué vas a hacer tú para que esta niña salga de su sueño, o lo que sea? ¿Ah, ah...? —preguntó entonces el murciélago, cansado de la situación.

—Bueno, sea lo que sea, mejor será dejar que lo intente, porque está cada vez peor —dijo en tono conciliador el venado.

—¡Miren, ya se puede ver a través de ella! —exclamó asustado el jaguar.

Y es que Tae se estaba evaporando y se iba disolviendo junto a la niebla de las mañanas.

—¡Silencio todos! —ordenó la mariposa, y mirando a la mariquita, le dijo con simpatía—: A ver, inténtalo.

La mariquita se posó en la frente de Tae. Caminó delicadamente y se dirigió hacia un oído, donde habló en tono suave.

Tae abrió los ojos y miró a su alrededor con atención; cada árbol, cada mata, cada hoja... Su rostro dejó de estar tan pálido.

—¡Oooooh! —exclamaron los animales.

La niña se puso de pie. Se acercó al río. Unas lágrimas muy gordas rodaron por su cara y cayeron en el agua. Allí donde caían, el agua se limpiaba y se volvía cristalina. Tae lloró tanto que el río quedó limpio. Al mismo tiempo, su piel volvió a tener el hermoso color de la arcilla.

La mariposa, el murciélago, el jaguar, el tucán, el venado y la anaconda la observaban entre las hojas de las plantas. La mariquita todavía estaba junto a la niña, hasta que tomó el camino a su casa. Sólo entonces la mariquita voló a reunirse con sus compañeros.

—Ahora sí, cuéntanos qué le dijiste a la niña —exigió el tucán con curiosidad.

Los demás estaban de acuerdo en saberlo de inmediato.

—Ah, no le dije casi nada... —dijo la mariquita, ruborizándose , sólo que la selva es suya para siempre, pasara lo que pasara y, por tanto, es su deber cuidarla, especialmente cuando otros tratan de destruirla.

—¿Para siempre? —interrumpió extrañado el venado—. ¿Le dijiste que la selva era suya para siempre?

—Este... Le dije que para siempre y un día —contestó la mariquita.

El primero en comprender fue el jaguar.

—Claro, ¿no lo ven? Hoy es ese día, y mañana y pasado mañana...

—Esto es muy difícil de comprender para un simple murciélago —protestó éste.

—¿Qué te parece si te lo aclaro, primo? —propuso la mariposa, que también lo había comprendido.

—Buuueeno... —bostezó el murciélago, que ya tenía sueño.

—Mira, primo —comenzó a decir la mariposa—, los humanos, grandes y chiquitos, tienen una cosa dentro que se llama esperanza...

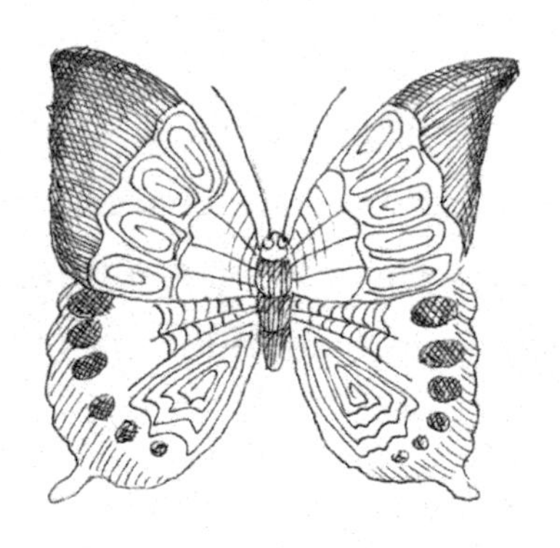

La gente
(cuento huaorani)

Me llamo Humi y soy del pueblo huaorani. En nuestra lengua, *huaorani* quiere decir "la gente". No sé cuántos años tengo, porque nosotros no celebramos los cumpleaños. Para nosotros no es importante cuánto tiempo pasa, sino lo que pasa en ese tiempo. Antiguamente, los huaorani éramos guerreros poderosos que protegíamos nuestra tierra con lanzas y flechas. En nuestra cultura, creemos que nadie es dueño de la tierra, sino que nosotros le pertenecemos a ella y por eso debemos cuidarla y protegerla. Tampoco tenemos jefes, y todos compartimos por igual el trabajo y la comida. La única diferencia es que las mujeres labramos la tierra y los hombres van de cacería; pero las dos actividades son consideradas igualmente importantes porque nos dan comida. Los niños comemos cuando tenemos hambre y vamos a dormir cuando estamos con sueño. Dormimos en hamacas que cuelgan dentro de una gran casa larga, donde todos vivimos. Yo comparto mi hamaca con mis dos hermanas más pequeñas.

Me has pedido que te cuente una historia para tú contarla a otros niños; bueno, te la voy a contar.

Hay una época en la selva amazónica cuando da fruto el árbol de chonta; esto es motivo de celebración para la gente, es decir, para nosotros, los huaorani, y se llama Fiesta del *Aemae*. La gente festeja toda la noche con bailes, canciones y relatos de historias antiguas. Se bebe *tepae*, que es la bebida preparada con el fruto de la chonta, masticado y mezclado con agua. Los niños la bebemos fresca y los adultos la toman fermentada. Esta bebida es tan deliciosa para los huaorani que en nuestro idioma la palabra *felicidad* significa "otro vaso de *tepae*".

En una noche de *Aemae*, mi madre y mis tías me estaban pintando para la fiesta. En dos recipientes pequeños tenían las pinturas; la negra, hecha con polvo de carbón y agua, y la roja, con pepitas de achiote. Con un palito delgado, me aplicaban el color en la cara y en los brazos, dibujando líneas y adornos. Ellas ya estaban pintadas y llevaban aretes de madera en sus orejas, insertados dentro de los lóbulos, que eran tan largos que les llegaban hasta casi medio cuello.

Escuchamos las voces de mi papá y mis tíos, que se acercaban a la cabaña. Estaban discutiendo. Cuando entraron, se les veía molestos.

—Los *cauodi*, los extranjeros, regresaron —dijo mi papá.

—¿Qué quieren esta vez? —preguntó mi mamá, sentándose en la hamaca.

—Lo de siempre... Quieren tierra. Esta tierra. Y quieren hablar sobre esto ahora —contestó mi tío.

—¿Ahora? ¿Quieren hablar ahora que estamos festejando el *Aemae*? No lo puedo creer. Estos hombres no saben respetar las costumbres de la gente.

Un hombre entró en la cabaña. Era de los nuestros, pero vivía en otra comuna.

—Los extranjeros están esperando fuera. ¿Van a discutir el asunto con ellos? —preguntó el hombre, y luego dijo—: Además de tierra, están buscando huaoranis que quieran trabajar para ellos sacando petróleo.

—No hables con ellos. Son hijos de víbora venenosa y están siempre al acecho para comerse a la gente —intervino mi abuela desde el rincón donde pasaba día y noche.

Los huaorani no llegan normalmente a ser muy viejos, pero ella había tenido su primer hijo mucho antes de que los extranjeros empezaran a ensuciar los ríos y lagos con la mancha negra. Así de vieja era. Y no tenía dientes. Mis hermanas y yo nos turnábamos para alimentarla y le dábamos yuca bien masticada para que pudiera tragar.

—Yo no quiero trabajar para los *cauodi* —dijo mi papá—. Ellos siempre nos engañan.

—Aún no es tiempo de marcharnos de aquí; la tierra no está cansada todavía y se puede cultivar; apenas hemos sembrado las chacras de yuca. La caza es buena... No, no es necesario movernos a otro lado —dijo una tía.

Y tenía razón. Los huaorani siempre han emigrado de un lado al otro de la gran selva para dar tiempo a la tierra para que se reponga del uso que le dan.

—¡Cada vez que encontramos un buen lugar, los extranjeros nos obligan a marcharnos! —se quejó otra tía.

—¡Estamos de fiesta! No nos pueden molestar ahora —volvió a insistir mi mamá, indignada.

Tíos y tías se acercaron a discutir. Nosotros, los niños, llamamos *uaana*, que significa "mamá", a las hermanas de nuestra madre, y *uaempo*, o "papá", a los hermanos de nuestro padre. Así, si algo malo les sucede a nuestros padres, siempre tendremos otras mamás y otros papás que nos protejan y nos quieran.

Mientras discutían, escuchamos el disparo de una carabina.

—Lo que pasa es que están impacientes —dijo el hombre de la otra comuna, que también participaba en la discusión—; ellos no entienden de fiestas, quieren hablar ahora mismo.

Los hombres, decididos, agarraron sus lanzas.

—No hagan nada todavía —advirtió mi mamá.

Miró disimuladamente hacia fuera, y una mirada astuta apareció en su rostro. Llamó a mi padre y le dijo algo al oído. Él se rio y, a la vez, pasó el secreto a los otros adultos y luego a los niños. Yo era la mayor de mis hermanas y comprendí enseguida lo que debía hacer. Tomé una larga caña en mi mano, puse un carbón encendido dentro de un viejo panal de avispas, y salí junto a mi papá y mi tío. Ellos se fueron a buscar a los *cauodi* y yo me adentré en el bosque.

Más tarde, cuando regresé a la cabaña, los extranjeros ya estaban ahí. Eran dos, y no muy viejos. Se les notaba inquietos, ahí, sentados contra la pared. Olían muy mal porque usan ropa donde se queda pegado el sudor, en vez de una tira en la cintura como hacemos nosotros.

Los preparativos para la fiesta continuaban. Mis tíos empezaron a tocar los instrumentos musicales, y todos los hombres se pusieron entonces a bailar mientras las mujeres preparaban la comida.

De repente, la música se detuvo.

—*¡Ujuuuuu, uuujuuu...!* —se escuchó un quejido horrible—. *¡Uujuuuuuuuu!*

Los *cauodi* se pusieron de pie, asustados, y hablaron rápidamente en su lengua con el huaorani que los había guiado hasta allí.

—Quieren saber qué es ese ruido —tradujo él.

—Diles que son los *uanae*, los espíritus malos —contestó mi mamá con rostro serio, y añadió astutamente—: Cuéntales que estos espíritus sólo entran en los cuerpos de las personas que tienen malas intenciones.

El hombre tradujo, y los extranjeros se miraron asustados y volvieron a sentarse.

Me puse a servir. En una mano llevaba la comida; en la otra, una hoja pequeña enrollada cuidadosamente. Cuando me acerqué a ellos, me tropecé y tuve que sostenerme con una mano en el hombro de uno de ellos primero, y luego en el hombro del otro... con la mano donde llevaba la pequeña hoja.

—*¡Uuujuuuuu, ujuuuuuuu!*

Esta vez el gemido se escuchó muy cerca, casi, casi a espaldas de los cauodi, que preguntaron algo al hombre, y él tradujo:

—Preguntan que qué pasa cuando esos espíritus se introducen en el cuerpo de una persona...

Mi papá se puso de pie, y contestó con voz profunda:

—Diles que produce un terrible dolor...

Apenas había terminado de hablar mi papá, cuando uno de los extranjeros se levantó de un salto gritando y, agarrándose del cuello, se puso a saltar. Casi de inmediato, el otro hizo lo mismo.

La gente no pudo evitar reírse viéndoles saltar así. Especialmente en el momento en que uno de mis tíos empezó a tocar el tambor al ritmo de los saltos.

Los extranjeros ya no insistieron en hablar esa noche y se marcharon corriendo. Yo fui al lugar donde ellos habían estado sentados, y busqué por el suelo a ver si quedaba alguna de las hormigas konga que había traído en la hoja enrollada. No había ni una. Parece que les gustó quedarse dentro de la ropa de los extranjeros.

No ha sido la última vez que han venido a molestarnos, a tratar de convencernos de que les demos nuestra tierra, y muchas veces hasta lo han logrado bajo amenazas. Pero esa noche, esa noche especial, la gente pudo celebrar con toda tranquilidad su Fiesta de *Aemae*.

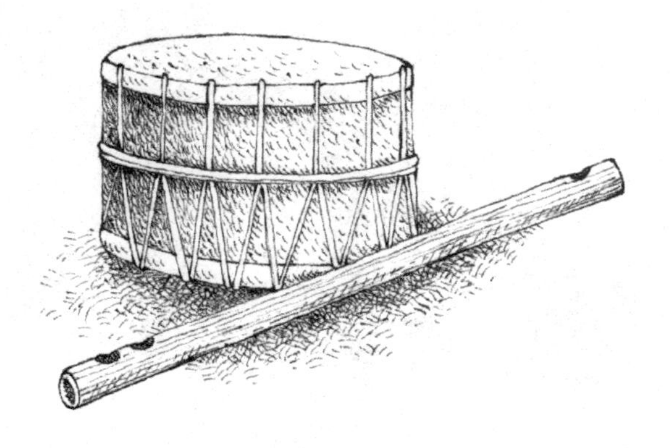

Glosario

Achiote: semillas de un fruto ovalado y carnoso.
Balsa: árbol que crece en América del Sur y Central. Su madera es muy resistente y ligera, y se utiliza para fabricar balsas.
Chicha: bebida típica tradicional.
Chonta: variedad de palma espinosa.
Cormorán: ave parecida al pelicano, pero de color oscuro
Guanta: especie de roedor.
Guayusa: planta cuya infusión sustituye al té, parecida al mate.
Tigrillo: mamífero carnicero de pequeño tamaño.
Yuca: raíz de esta planta de la que se saca una especie de harina.

Edna Iturralde

Nació en Ecuador y es considerada como una de las más importantes y prolíficas figuras de la literatura infantil y juvenil de su país. Ha dedicado gran parte de su vida a escribir para niños.

En los últimos años ha incursionado en la etnohistoria narrativa, para convertirse en pionera en este género en la litaratura infantil en Ecuador. Con su libro *... y su corazón escapó para convertirse en pájaro* se hizo acreedora al Premio Nacional Darío Guevara Mayorga 2001, y con *Verde fue mi selva* ganó el Premio Internacional Skipping Stones 2002, de Estados Unidos de América, otorgado a libros con temas multiculturales y étnicos.

Aquí acaba este libro
escrito, ilustrado, diseñado, editado, impreso
por personas que aman los libros.
Aquí acaba este libro que tú has leído,
el libro que ya eres.